Eduard Müller

Flore pittoresque

Croquis d'après nature

Antigonos

Eduard Müller

Flore pittoresque

Croquis d'après nature

Réimpression inchangée de l'édition originale de 1872.

1ère édition 2024 | ISBN: 978-3-38817-362-7

Antigonos Verlag est une marque de Outlook Verlagsgesellschaft mbH.

Verlag (Éditeur): Outlook Verlag GmbH, Zeilweg 44, 60439 Frankfurt, Deutschland, info@outlook-verlag.de
Vertretungsberechtigt (Représentant autorisé): E. Roepke, Zeilweg 44, 60439 Frankfurt, Deutschland
Druck (Imprimerie): Libri Plureos GmbH, Friedensallee 273, 22763 Hamburg, Deutschland

LIBRAIRIE SPÉCIALE DES ARTS INDUSTRIELS
ET DÉCORATIFS

LIÉGE   PARIS   BERLIN
26. Rue du Jardin Botanique   30. Rue des Saints-Pères   92. Alexandrinen-Strasse.

F. Muller del.
Imp. Lemercier & Cie Paris.
Ch. Claesen Editeur. Paris Liége et Berlin

E. Muller. del.

Imp. Lemercier & Cⁱᵉ Paris.

Ch. Classen Éditeur Paris, Liege et Berlin

E. Muller, del.
Imp. Lemercier & C.ᵉ Paris.
Ch. Claesen Editeur Paris, Liège et Berlin

E. Muller del
Imp. Lemercier & Cie Paris

R. Muller del.   Imp. Lemercier & Cie rue de Seine 57, Paris   Ch. Claesen Éditeur, Paris Liège

L. Müller del.

Imp. Lemercier & Cie rue de Seine 57 Paris.

Ch. Claesen Éditeur Paris Liege et Berlin

M. Müller del
Imp. Lemercier & Cie rue de Seine 57 Paris
Ch. Claesen Éditeur Paris Liège et Berlin

Ch. Claesen Editeur Paris Liège et Berlin

I. Müller del.
Imp. Lemercier & Cie. r. de Seine 57, Paris
Ch. Chardon fils. Paris

Muller del.   Imp. Lemercier & Cie, rue de Seine 57, Paris   Ch. Classen Editeur Paris, Liege et Berlin

Paris Goupil et Berlin

Imp. Lemercier & Cie rue de Seine 57 Paris
Ch. Claesen Editeur Paris, Liège et Berlin

1872
Muller del
Imp. Lemercier & Cie rue de Seine 5? Paris
Ch. Claesen Editeur, Paris, Liege et Berlin

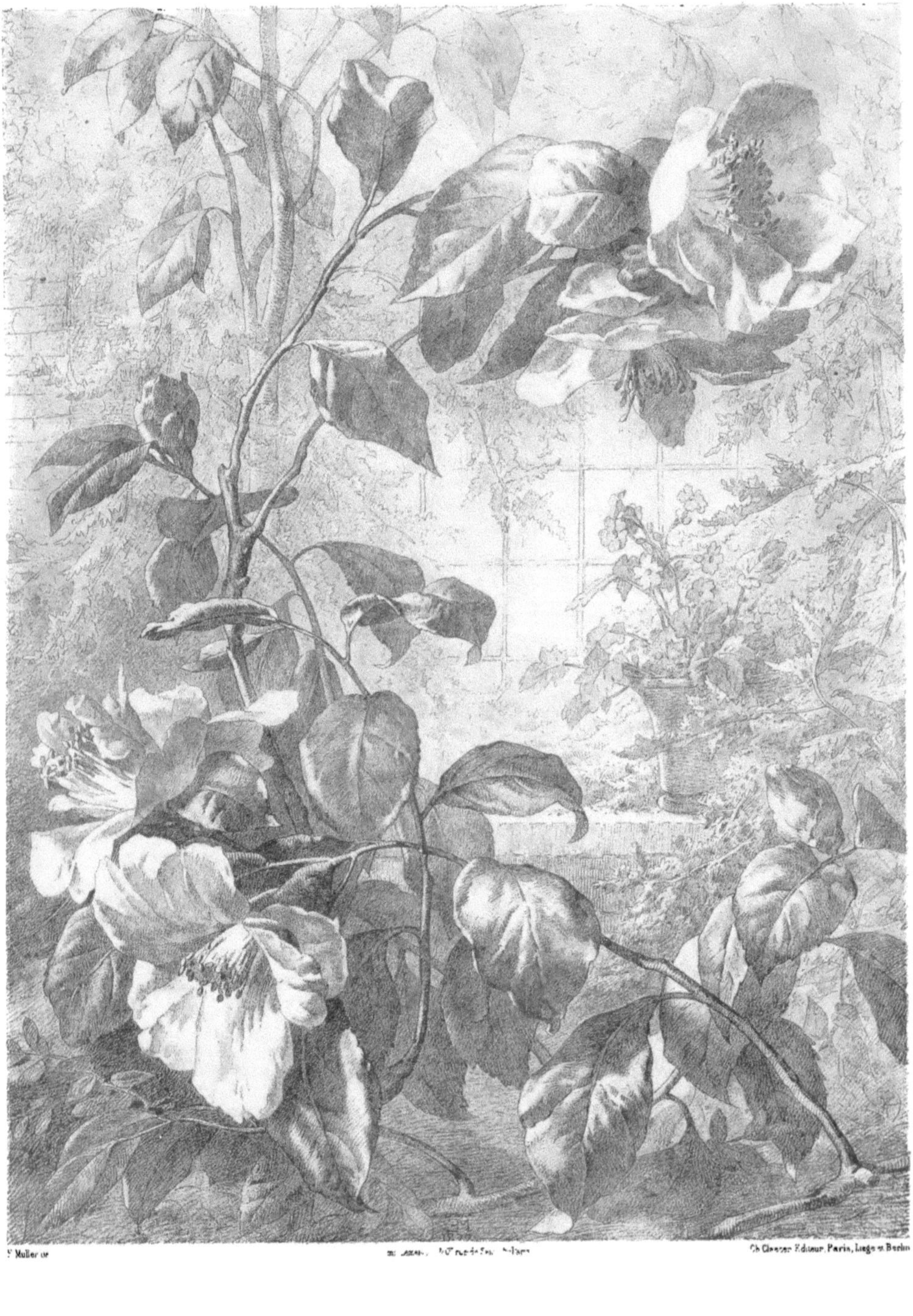

? Muller del.

... rue de ... Paris

Ch. Glaeser Editeur, Paris, Liège et Berlin

E. Muller, del Imp. Lemercier & C.ᵉ rue de Seine 57 Paris Ch Claesen Editeur, Paris, Liége et Berlin

F. Muller del.

Imp. Lemercier & Cⁱᵉ rue de Seine 57 Paris

Claesen Editeur Paris Liége et Berlin

Ch. Claesen Éditeur. Paris Liége et Berlin

Imp. Lemercier & C.ie, rue de Seine, 57, Paris.
Ch. Claesen, Editeur, Paris, Liège et Berlin
1870

F Muller del
Imp. Lemercier et C.ie rue de Seine 57 Paris
Ch. Tanera Editeur Paris

h. Muller de.   Imp Lemercier & Cie rue de Seine 57 Paris   Ch. Claesen Editeur Paris Liege et Berlin

E. Muller del.   Imp. Lemercier &C.ie rue de Seine 57 Paris   Ch. Claesen Editeur Paris, Liege et Berlin